I0606342

Animales en el océano

Julie Murray

Abdo Kids Junior es una
subdivisión de Abdo Kids
abdobooks.com

Abdo
HÁBITATS DE ANIMALES
Kids

abdobooks.com

Published by Abdo Kids, a division of ABDO, P.O. Box 398166, Minneapolis, Minnesota 55439.

Abdo Kids Junior™ is a trademark and logo of Abdo Kids.

Printed in the United States of America, North Mankato, Minnesota.

102021

012022

Spanish Translator: Maria Puchol

Photo Credits: iStock, Shutterstock

Production Contributors: Teddy Borth, Jennie Forsberg, Grace Hansen

Design Contributors: Candice Keimig, Pakou Moua, Dorothy Toth

Library of Congress Control Number: 2021939716

Publisher's Cataloging-in-Publication Data

Names: Murray, Julie, author.

Title: Animales en el océano/ by Julie Murray

Other title: Animals in the ocean. Spanish

Description: Minneapolis, Minnesota: Abdo Kids, 2022. | Series: Hábitats de animales | Includes online resources and index

Identifiers: ISBN 9781098260699 (lib.bdg.) | ISBN 9781098261252 (ebook)

Subjects: LCSH: Animals--Habitations--Juvenile literature. | Habitat (Ecology)--Juvenile literature. | Marine animals--Juvenile literature. | Ocean--Juvenile literature. | Marine ecology--Juvenile literature. | Spanish language materials--Juvenile literature.

Classification: DDC 591.52--dc23

Contenido

Animales en el océano

En el océano viven muchos animales.

Un pulpo tiene ocho tentáculos.

No tiene huesos.

¡Las tortugas marinas pueden pesar 1,000 libras (450 kg)!

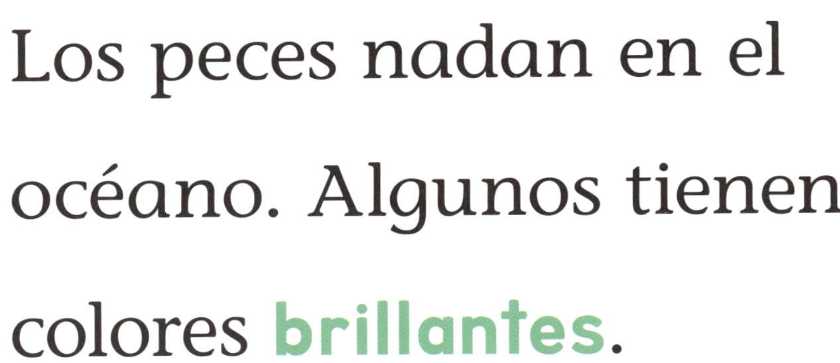

Los peces nadan en el océano. Algunos tienen colores **brillantes**.

Los tiburones son rápidos. ¡Pueden nadar a 40 millas por hora (64 km/h)!

tiburón mako de aleta corta

Los delfines viven en grupo. Estos grupos se llaman manadas.

Las estrellas de mar no son peces. Están **emparentadas** con los llamados dólares de arena.

dólares de
arena

Los pingüinos no pueden volar, ¡pero sí saben nadar!

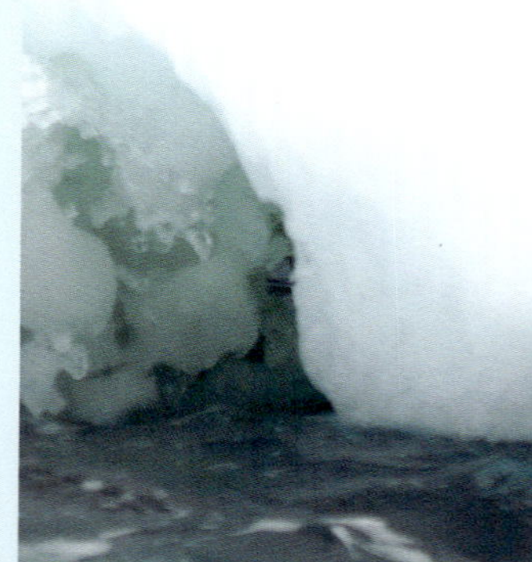

Las ballenas son muy grandes. La ballena azul es la más grande de todas.

Más animales en el océano

el caballito de mar

la langosta

la morsa

la raya con púa

Glosario

brillante
alegre e intenso.

emparentado
que pertenece a la misma familia o grupo.

Índice

¡Visita nuestra página **abdokids.com** y usa este código para tener acceso a juegos, manualidades, videos y mucho más!

Los recursos de internet están en inglés.

Usa este código Abdo Kids

AAK2125

¡o escanea este código QR!